心の旅

kokoro no tabi

浅川史絵
Fumie Asakawa

文芸社

心の旅

言葉にできない気持ちが

たくさんある

それが一番伝えたいこと

何かを始めるのに

遅すぎるということはない

やりたい時に始めるのが

一番良いタイミングだから

振り返ればいつも

楽な道は

まわり道だった

他人と比べて判断しない

大切なのは自分にとって

最善の状態であること

「お金がすべてではない」

それでもすべての中に

大きく存在していることを

思い知らされる世の中だ

大切なものは

心から大切にしよう

後悔しないために

「頭がいい」ことより

「感じがいい」ことのほうが

多く役立つ

親子でも

違う価値観を持った

人間同士

孤独とは

一人でいることではない

きっともっと別のこと

大切な思い出が

足を引っぱることもある

思い出にしがみついていたら

前に進めない

倒れたら立ち上がろう

少し休んでからでもいいから

必ず立ち上がろう

道はいくつもある

でも私という一人の人間が

歩ける道の数は

そう多くないと思う

言いたいことをすべて言えたら

どんなに楽だろう

けれど言ってはいけない

言葉があるということを

私達は覚えていく

コンプレックスを持っていても

成功できるし

幸せにもなれる

あの人が言ったことは

あの人にとって正しく

私が言ったことは

私にとって正しかった

だから仕方がない

年齢を重ねて

若さは減っても

美しさは増えていく

そういう人がたくさんいる

本物の優しさを知ろう

そうすればそうでないものも

わかるようになる

役に立たない

痛かった言葉は

今すぐ忘れたほうがいい

慰めてくれる人は

たくさんいたけれど

救ってくれる人は

いなかった

どんなに外見が変わっても

内面は変わらないでいてほしい

大好きだった人

花を見て

その名前を知っていることより

美しいと感じる心のほうが

ずっと大切

簡単に手に入れたものには

結局その程度の価値しか

見出すことはできない

今どうにもならないことも

いつかどうにかなるから

心配ない

暇はいらない

ほしいのは自由な時間

たくさん生きて

たくさん経験したのに

悲しみに対する免疫というのは

なかなかできないものだ

自分のことが

一番見えないのは

見ようとしないから

涙の数だけ

強くなりたいのに

臆病になってしまう私

いつでもどこでも誰にでも

時間の流れは同じなのに

感じ方はいつも違う

がんばることは

プラスになり

無理をすることは

マイナスになる

時には「諦める」という

選択があっていいと思う

考え方を変えれば

曇った心も

きっと晴れる

好きだから許せることより

好きだから許せないことのほうが

ずっと多いのかもしれない

楽天家でいたほうが

自分も周りも楽

人から責められるより

自分で自分を責めるほうが

あってはならないことだ

完璧主義では疲れてしまう

いい加減なくらいが

良い加減

「言いたい人には言わせておく」

そのくらいに考えなくては

やってられない

ダメだったら次へ行こう

もっとふさわしいものに

巡り合えるかもしれない

自分を受け入れる

すべてはそこから

あの時は死んでしまいたい

と思ったのに

今は生きていて良かった

と思っている

そういうものだ

出会った人はみんな

縁があった人

私に必要だった人

争うことは無駄な労力

解り合えなくても

お互いの存在を大切にしよう

幸せには敏感すぎる

くらいがいい

他人と同じは嫌だけれど

他人と違うのも不安

多くの人がそう思いながら

無難な道を選んでゆく

「～がなくては生きていけない」

そんなの命ぐらいだ

いつもきれいな気持ちで

いたいのに

それを難しくする環境が

多すぎる

心を傷めたり体を壊したり…

それでもみんながんばっている

人間って強い

できないことの前で

立ち止まっていないで

できることを

見つけて進もう

同じことをするなら

楽しんでやったほうが

絶対に得

人間は叱られるより

褒められることによって

伸びていくものだ

多くを支払い

更に多くを手に入れよう

自分の空間は居心地が

いいけれど

いつまでも閉じこもっていたら

いつか出口を失くしてしまう

無愛想に「Yes」

と言うよりも

明るく「No」

と言うほうがいい

失敗は限界じゃない

成功するために

必要なことの一つだ

どうしようもなく苦しい時

人は何かにすがりたくなる

けれどすがるものを

間違えてはいけない

愛したことも

愛されたことも

立派な誇り

私が幸せなのは

生まれ変わっても

また私になりたいと

思っていること

時代も人間もゆっくりと

確実に変化している

変化と向き合おう

他人を許すことは

自分を解放すること

にもなる

苦労はしたけれど

決して不幸ではなかった

むしろ幸せだったあの頃

永く善く続けたいなら

時には休む勇気を持とう

勝手な思い込みで

私のことを嫌う人がいても

それは私のせいではない

心は読むものではない

感じるものだ

食を大切にしよう

体も心も元気にしてくれる

人を良くするものだから

迷ったり悩んだり傷ついたり

するのはより良く生きたいと

がんばっている証拠

個性は生まれた時に

与えられたものだから

大事にしたい

あたたかい笑顔

優しい笑顔に

何度も救われてきた

人にはそれぞれ

違った役割があるから

うまく成り立っていく

いつも前向きでいよう

そうすれば心も表情も

明るく輝くから

続けることは簡単ではない

だからこそ価値がある

叶わなかった夢は

自分にふさわしくなかった

からだろう

心についている古傷を

消せない自分に

あきれてしまう

強い父から

感じられる優しさ

優しい母から

感じられる強さ

雨のあとにしか

虹が出ないように

苦労のあとにしか

発見できない光がある

愛する人が心の骨折をした時

添え木になれるような

強く優しい人間でありたい

他人の大切な心の中に

土足で踏み込む人間は

大嫌いだ

どんなに誠実に生きていても

他人を傷つけてしまうことがある

望んだ関係には

なれなかったけれど

あなたに会えて

良かったと思う

幸せをつかんだ手も

力を抜いたら

落としてしまう

やりたいことと

できることが

一致しないもどかしさ

損得ばかりを考えていたら

物の本質が見えなくなる

やってできない事もある

でもやらなかったのとは

意味が違う

「私はだいじょうぶ」

困難にぶつかる度に

自分にそう言い聞かせて

乗り越えてきた

自分を信じることが

最大のパワー

すべての物事に

学べる要素がたくさん

秘められている

純粋さを失ったのは

大人になったからではなく

世の中の裏側を

たくさん知ってしまったから

同じ一つの言葉が

人によって印象も

理解の仕方も違う

他人に良かった方法が

自分にも良いとは限らない

誰にでも効く薬はないのだ

時間に遅れないよう

急いで生きていると

見落としてしまう

幸せもある

自分の人生は

自分のものだから

自由に生きよう

誰もが必ず幸せになれる

ただその方法を

見つけられるかどうか

たくましく

優しく

生きてください

心の旅を重ねながら……

著者プロフィール
浅川 史絵（あさかわ ふみえ）
1972年、長野県生まれ。
日本大学短期大学部国文科卒。
現在、東京都武蔵野市在住。

心の旅

2003年11月15日　初版第1刷発行

著　者　浅川 史絵
発行者　瓜谷 綱延
発行所　株式会社文芸社
〒160-0022　東京都新宿区新宿1－10－1
電話　03-5369-3060（編集）
03-5369-2299（販売）

印刷所　神谷印刷株式会社

ISBN4-8355-6569-X C0092